# MAGIC CIRCLE CHRONO CANON

**2**

Kyoko Kumagai

# INHALT

## KOMMENTAR DER AUTORIN

Der Ausflug in die Vergangenheit, der am Ende von Band eins begonnen hat, geht noch ein Weilchen weiter. Ich gebe mir Mühe, dass ihr trotz der ernsten Handlung Spaß am Lesen habt, also seid bitte gnädig! Ich bin ziemlich überrascht, dass ein gewisser erwachsener Chara so beliebt bei euch ist.

MAGIC CIRCLE CHRONO CANON

2

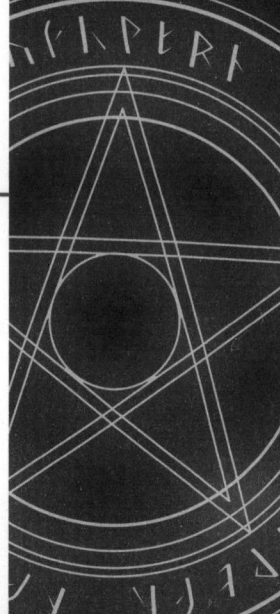

Kapitel 7

*Anrede für Jungen und jüngere Männer

Knarz

Ähm, Toma-kun*?

Ich weiß, du hast mir extra ein Zimmer überlassen, aber ich kann nicht einschlafen.

... noch ihren richtigen Namen.

Ich weiß nichts über Kano ...

... weder woher sie kommt ...

Eines
Tages ...

So kam
sie zu uns.

... brachte
meine Mutter
sie plötzlich mit
nach Hause.

Hä?
Wieso das
denn?

Oh!
Aber ...

... das ist dir
bestimmt lästig,
oder? Dann such ich
mir einfach selbst
einen aus!

Guck

Guck

Kano.

Null
Ge-
spür

Murmel
Murmel
Murmel

Stuhl ...

Melone
...

Na ja, meinetwegen ...

Dann hab ich wenigstens jemanden zum Reden.

So begann ...

...unser Leben zu dritt mit Kano.

Knarz

Toma-kun?

Ich hab mich im Zimmer geirrt!!

## Magic Circle

Chibi-Tenma

## Chrono Canon

Hallo! Hier ist Kyoko Kumagai! 🎵

Vielen Dank, dass ihr euch auch Band zwei von *Magic Circle Chrono Canon* geholt habt! ✧✧

Der Ausflug in die Vergangenheit, der am Ende des ersten Bandes begonnen hat, wird vermutlich noch ein Weilchen weitergehen. ♀ Ich gebe mir Mühe, dass es spannend für euch wird!

Auf den »Free Pages« zwischen den Kapiteln hole ich, wie es inzwischen fast schon Tradition ist, die Charaktere meiner älteren Werke mit ins Boot. Diesmal möchte ich sie alle ihre Uniformen miteinander tauschen lassen! Mal schauen, wem ich welche Uniform anziehe!

Ich würde mich sehr über Feedback freuen! 🦋

> Briefe
> bitte an:

Kyoko Kumagai
c/o Shogakukan »Sho-Comi-Redaktion«
2-3-1 Hitotsubashi, Chiyoda-ku
101-8001 Tokyo, Japan

> X

@kumakyo__
@kumakyo__manga (nur Infos)

Waff
Waff

# 8 years ago

## Kapitel 8

Das kaufen wir auch!

Ähm!

Ä...

Und wie findest du das hier, Kano-chan*?!

Aaaah!

Kyaaah! ♡ Das steht dir ganz toll! Du siehst einfach in allem süß aus!

An diesem Tag gingen wir ins Einkaufs-zentrum ...

...um Kano neue Kleidung zu kaufen.

*verniedlichende Anrede für gute Freunde und kleine Kinder

**Schwer** **bepackt**

Die Bluse und der Rock stehen dir so toll!

Nicht dafür! Ich war nur so im Kaufrausch, weil es sich angefühlt hat, als hätte ich jetzt eine Tochter.

... für die ganzen Sachen.

Awawawa ...

Vielen Dank ...

36

Die Zukunft reist per Magie.

# Teleport Station

Im Umbau

*sehr höfliche, geschlechtsunabhängige Anrede

Kyaaaah! ♡

Da ist Jinga-sama*!

Er ist so cool! Dieses göttliche Gesicht!

Und er ist so sexy! ♡♡

Knips

Knips Knips

Dank Jinga-sama entsteht hier also ein Teleportationsbahnhof!

Dann gehören Grapscher in vollen Bahnen endlich der Vergangenheit an!

Unser Retter! ♡

44

Krnk

Zuck

Alles in
Ordnung,
Toma-kun?

*In diesem
Moment ...*

?!

...?

J...Ja.

... ahnte ich noch nicht ...

... dass der Mörder
von Kanos Eltern ...

... ausgerechnet ...

Teleport
Station

Im Umbau

Siegerehrung der drei
besten Magier des Jahres
laut Magiewert-Ranking

... ist so eine
Art unfreiwilliges
Familientreffen
mit meinem Er-
zeuger und mei-
nem Halbbruder.

Diese
bescheuerte
Zeremonie,
bei der jedes
Jahr dieselben
drei Magier
ausgezeichnet
werden ...

Klack ガチャ

Du bist noch stärker geworden.

...

Warum ziehst du nicht zu mir? Ich würde sicherstellen, dass es dir an nichts fehlt.

Toma.

Ich setze hohe Erwartungen in dich.

Nein.

Mir gefällt das unabhängige Leben mit meiner Mutter.

Lächel

...und alles, was du sagst oder tust...

Diese Augen...

...löst Brechreiz in mir aus.

Tenma schien die ganze Zeit ...

... mit aller Gewalt seine Gefühle zu unterdrücken ...

... während er dastand und ins Leere starrte.

Kapitel 9

Er hat Tenma
bestimmt nur
dazu gerufen
...

... damit der
mithört, was
Jinga mir sagen
wollte.

»Du besitzt ein
außergewöhnliches
Talent, das Tenma
leider fehlt.«

Bei dem
leben zu
müssen ...

... ist bestimmt
die Hölle auf
Erden.

Hmpf ...
Aber ich ...
... muss ja auch unter ihm leiden!
Raschel
Raschel
Gah!!

Was machst du da?

Äääh ... Ich wollte dich erschrecken.

Drucks

I... Ich dachte, du ... ähm ... müsstest bald nach Hause kommen, und wollte dir entgegengehen.

Drucks

Hast du mich erschreckt!

Uwah!

Kano
...!

Uh
...

Kiii

Therapévo
Θεραπεύω
(Heilen)

Du hast die Wahl!

... ist mein Leben die Hölle!

Seit du mich im Ranking überholt hast ...

Katárrefsi
Κατάρρευση

Bröckel

Kracks

Entweder ich bring dich um ...

Mehr Optionen gibt's nicht, du Mistkröte!

... oder du mich!

Au...

...aaa
...

Gääääähn

Ange-
schmiert.

Ich muss
mich wohl bei
dir bedanken.

Das
schwerfällige
Mädchen schlum-
mert in diesem
Körper.

...?!

Das...

... ist nicht
Kano.

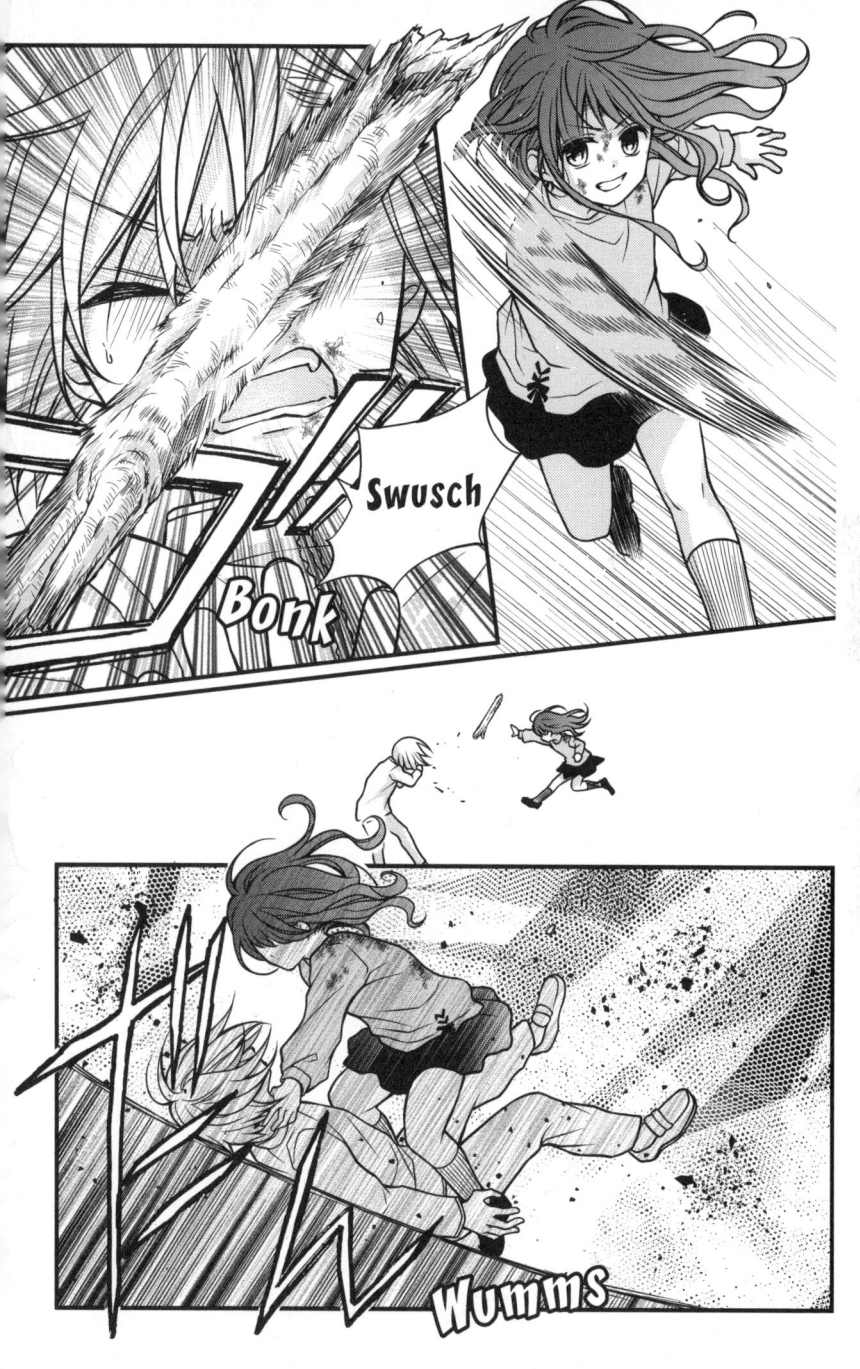

Tapp

Kch ...!

Puh ...

Warum
hast du ihm
geholfen zu
entkommen?

Oh, aber die Verbrennung ist verheilt!

Aaaaah!! Die Sachen, die mir deine Mutter gekauft hat, sind ganz zerfetzt!

Ha!

Kann es so was wirklich geben?

Danke, Toma-kun!

In Kanos Körper ...

... existieren zwei Seelen.

Chrono Canon
und ChocoVamp
Jeder tauscht
mit jedem!!

Free
Page 4

Kapitel 11

Hmm ...

Der Armreif ist nicht kaputt.

Die Messgeräte funktionieren auch einwandfrei. Wie kann das ...

Aber ich hab noch nie erlebt, dass jemand trotz Armreif einen Magiewert von null hat.

Wusch

Hören Sie!

Und Zauberei lag ihr noch nie besonders, also ...

Die Kleine macht gerade eine schwere Phase durch!

Ich will lieber doch nicht zur Schule!

Es tut mir leid, Sayu-chan!

D... Das gibt doch bestimmt nur Probleme ...

Lernen kann ich auch allein!

Kano-chan.

Außerdem ärgern mich die anderen Kinder bestimmt, weil ich nicht zaubern kann.

Du warst doch noch nie in einer Schule, obwohl du schon acht Jahre alt bist, oder?

...

Toma wird dich beschützen!

**Schock**

Hä?!

Hach! Ich kann's kaum erwarten zu sehen, wie ihr ...

... in euren Uniformen zur Schule geht!

Du wirst doch bald eingeschult. Dann geht ihr doch sicher zusammen hin, oder?

Ja ... schon ...

Das hab ich zu Toma auch schon gesagt.
Er wird nämlich bei jedem sofort misstrauisch.
ZUCK
Uh ...
Hi hi.
Es ist ja auch noch etwas Zeit, also denk in Ruhe darüber nach.
Ja ...

Schwupp

Ich komm gleich wieder.

Toma!

Keine Angst. Wenn's gefähr-
lich wird, lauf ich weg.

*Beim Auswählen der Uniformen*

# Free Page 5

## MAGIC CIRCLE CHRONO CANON 2 SPECIAL THANKS!!

☆ STAFF
Shoko Nishida
Sayaka Kimura
Chie Shimane

☆ Management
Meine Mutter

☆ Die Sho-Comi-
  Redaktion
☆ Hatanaka-sama
  Nagatsuma-sama
☆ Design
  Sato-sama

☆ An alle, die an der Entstehung dieses
  Bandes mitgewirkt haben
☆ An alle Leser! ♥

## •Nachwort•

Erst kündige ich ein großes Uniform-Swapping an und nun haben doch nur die Charaktere aus *Chrono Canon* und *ChocoVamp* ihre Kleidung getauscht. ⸮ Soll ich in Band drei noch einen Anlauf starten? Das nächste Mal mit anderen Uniformen! ^‿^ Es macht Spaß, die Figuren aus meinen älteren Werken mal wieder zeichnen zu können. ♪♪

Das war's von mir in diesem Band. Ich würde mich freuen, euch im nächsten wiederzusehen! Es werden nämlich noch mehr Geheimnisse aus Tomas und Kanos Vergangenheit ans Licht kommen. Also bleibt bitte weiter dabei!

Kumagai, November 2022  ♥

Kapitel 12

144

Bist du verrückt?!
Warum kommst du her, obwohl du keine Magie benutzen kannst?!
!
Die Göre von neulich ...!

Hör auf!!
Nicht angreifen!!
Kiaaaaaaaaaaaaaaa
Kano ... war dein Name, oder?
Mit dir hab ich noch 'ne Rechnung offen!

Wer bist du?

Kabooom

Schepper

Bisher war sie immer so ängstlich ...

Ich erklär dir alles nachher!

... und schien mit aller Gewalt irgendwas zu verheimlichen.

Ich will wissen was!

Alles klar ...

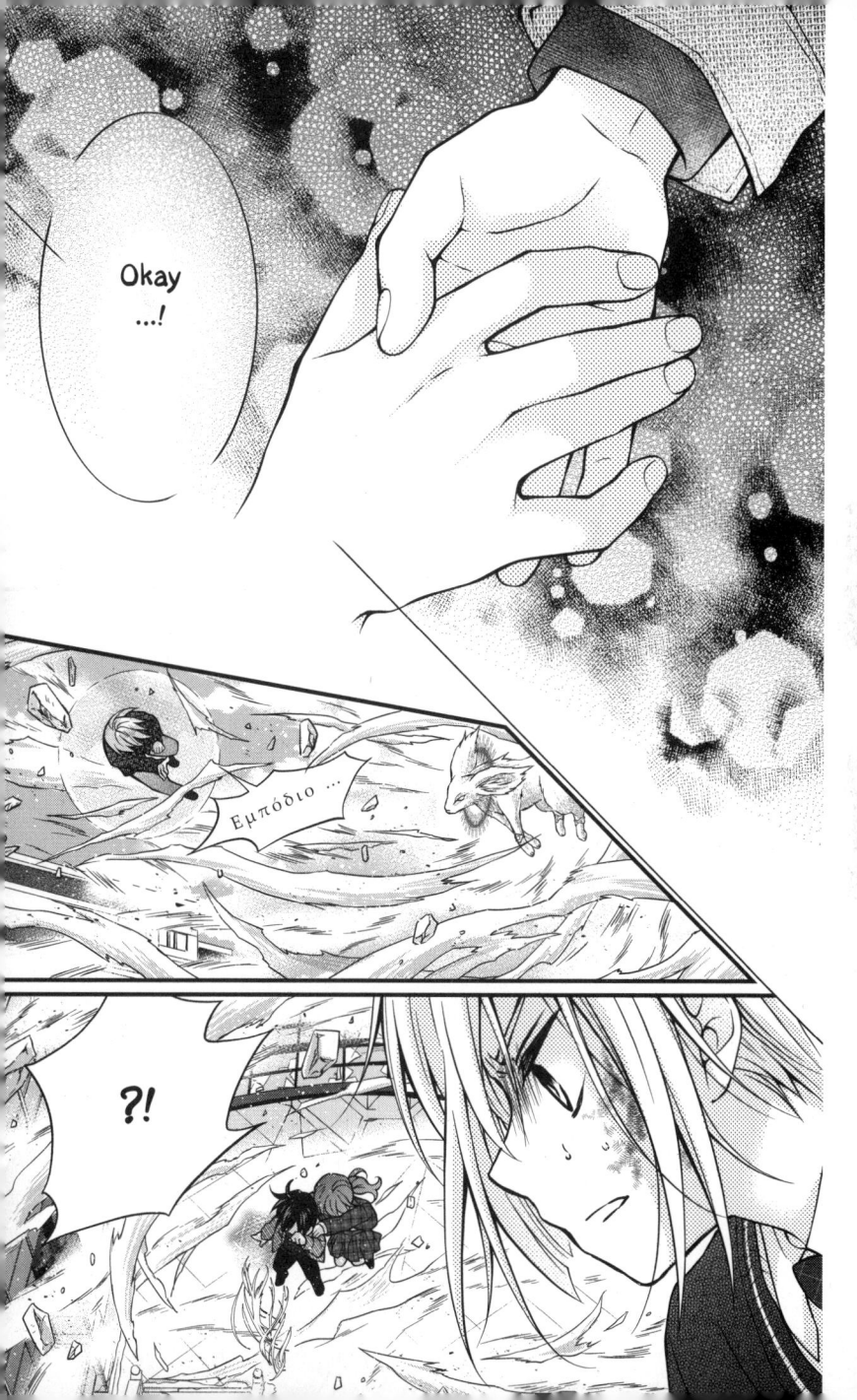

Das hab ich ...

... schon mal in einem Buch gesehen.

Lange bevor sich die Magie ...

... auf der Welt ausgebreitet hat ...

... gab es einen Zauber, mit dem man wilde Tiere beschwören konnte. »Chrono Canon«.

Die Einzigen, die ihn beherrschten, gehörten dem Volk der Magier des Altertums an.

... weshalb sie von den Menschen, denen ihre Kräfte unheimlich waren, gefürchtet wurden.

Gelegentlich brach Streit zwischen ihnen aus ...

Sie verfügten über große Macht.

Doch es gab auch einige, die von ihrer Heiligkeit fasziniert waren.

Wann immer diese Menschen Zeuge einer Beschwörung wurden, entführen ihnen die gleichen Worte ...

Chrono Canon ...

... ist ein Zauber, mit dem man die heiligen Tiere dazu bringen kann, einem zu dienen.

Magic Circle Chrono Canon 2 / Ende

**TOKYOPOP GmbH**
**Hamburg**

TOKYOPOP
1. Auflage, 2024
Deutsche Ausgabe/German Edition
© TOKYOPOP GmbH, Hamburg 2024
Aus dem Japanischen von Anne Klink

MAHOJIN CHRONOCANON Vol. 2
by Kyoko KUMAGAI
© 2022 Kyoko KUMAGAI
All rights reserved.
Original Japanese edition published by SHOGAKUKAN.
German translation rights in Germany, Austria, Liechtenstein
and German speaking areas in Switzerland, Belgium,
Italy and Luxembourg arranged with SHOGAKUKAN
through VME PLB SAS.
Original cover design: Chie SATO + Bay Bridge Studio

Redaktion: Simone Meinecke
Lettering: Vibrant Publishing Studio
Herstellung: Shujun Wong
Druck und buchbinderische Verarbeitung:
CPI – Clausen & Bosse GmbH, Leck
Printed in Germany

Wir achten auf die Umwelt.
Dieses Produkt besteht aus FSC®-zertifizierten
und anderen kontrollierten Materialien.

ISBN 978-3-8420-9702-5

# MAGIC CIRCLE CHRONO CANON

# ShoCo Cards

ShoCo Card steht für SHOJO Collectors Card.

Seit April 2014 erscheint jeden Monat ein neuer SHOJO Top-Titel, dem in der Erstauflage eine ShoCo Card zum Sammeln beiliegt. Außerdem erscheinen zwischendurch auch ganz spezielle ShoCo Cards – wie zum Beispiel die Halloween ShoCo Card im Halloween Pack von Scary Lessons!

Die Vorderseite ziert eine hübsche Illustration zum jeweiligen Manga und auf der Rückseite findest du einen Steckbrief und Infos zu der entsprechenden Mangaka.

Auf dieser Seite erfährst du, in welchen Manga die begehrten ShoCo Cards beiliegen und in welchem Monat sie erscheinen. Aber beeil dich, wenn du alle Karten sammeln möchtest: Nur in der Erstauflage sind die Karten enthalten!

Alle    ShoCo Cards

Januar 2021: Check Me Up!, Band 01

Dezember 2020: Die Geschichte vom Untergang unserer Liebe, Band 01

November 2020: Lovesick Ellie, Band 03

Oktober 2020: Verliebt in die Nacht, Band 01

November 2020: Ein Kuss reinen Herzens, Band 01

Oktober 2020: ... thing bad with ...

Interviews, Fanart, ShoCo Card Übersicht und noch vieles mehr erwarten euch!

# Du bekommst von uns nie genug?

## Entdecke tokyopop.de und shoppe die neusten Manga-Hits direkt bei uns.

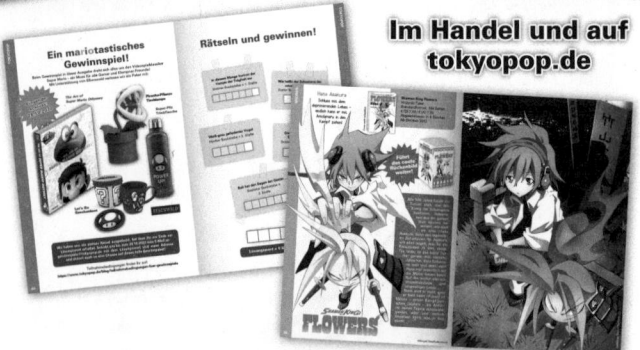

# CHOCOLATE VAMPIRE

## Kyoko Kumagai

**Der süße Geschmack deines Bluts ...**

Als Kinder haben das Menschenmädchen Chiyo und der Vampir
Setsu einen Blutspakt geschlossen, der sie aneinander bindet.
Doch dann werden Chiyos Eltern von einem Vampir getötet.
Seitdem hasst sie Vampire und will den Vertrag mit Setsu lösen.
Dieser denkt jedoch gar nicht daran, seine »Beute« loszulassen.
Schließlich muss Chiyo sich eingestehen, dass der Pakt mit Setsu
auch einige Vorteile für sie bietet ...

www.tokyopop.de

# MIYAKO – AUF DEN SCHWINGEN DER ZEIT

## Kyoko Kumagai

### Durch die Zeit zu deinem Herzen

Die schüchterne Miyako liebt Videospiele … und den gut ausse-
hend Hiroto aus ihrer Klasse. Doch der ist ausgerechnet mit
Miyakos großer Schwester zusammen. Der Schmerz dieser uner-
füllten Liebe lässt Miyako sich wünschen, sie könnte durch die
Zeit reisen und ihm zuerst ihre Gefühle gestehen. Und dann fällt
ihr ein Schlüssel in die Hände, der genau das möglich machen
soll! Sie reist zwei Jahre in die Vergangenheit und bekommt die
Chance, ihr Leben zu ändern …

www.tokyopop.de

# HOFFNUNGSSCHIMMER

## Kyoko Kumagai

**»Bevor ich dir begegnet bin, hatte ich noch nie
solches Herzklopfen.«**

Mika ist 16 Jahre alt und scheut sich nicht, die Initiative zu ergreifen und einem Jungen, in den sie verknallt ist, eine Liebeserklärung
zu machen. Obwohl sie gerade erst einen Korb bekommen hat,
versucht sie ihr Glück bei Sota, dessen herzerwärmendes Lächeln
sie um den Verstand bringt. Sie fühlt, dass er etwas Besonderes ist.
Doch Mikas Brüder setzen alles daran, sie in Verlegenheit zu bringen ... Diese und vier weitere süße Kurzgeschichten von Kyoko
Kumagai (*Miyako – Auf den Schwingen der Zeit*) in einem Band!

www.tokyopop.de

# YONA – PRINZESSIN DER MORGENDÄMMERUNG

## Mizuho Kusanagi

**Episches Abenteuer einer tapferen Heldin**

Yona ist die Prinzessin des Königreichs Koka. Als ihr Vater König Il eines Nachts von ihrem Cousin Su-won ermordet wird, flieht sie mit ihrem Leibwächter Hak aus dem Palast, bevor die Soldaten Su-wons sie ergreifen können. Doch mit dem Leben außerhalb ihres Schlosses ist Yona bisher nicht vertraut. Und auch dort scheint die Gefahr beinahe überall zu lauern ...

www.tokyopop.de

# HÜTERIN DER DRACHEN
## Ritsu Aozaki / Asagi Orikawa / Akito Ito

**Melissa und das Geheimnis des blauen Drachen**

Melissa arbeitet als Drachenpflegerin am Königshof von Yvart. Dass sich die mächtigen Kreaturen von jemandem, der kein Ritter ist, umsorgen lassen, ist jedoch ungewöhnlich. Melissas guter Freund Hubert, Kommandant der Drachenritter und Herr der Drachendame »Weiße Königin«, sagt ihr eines Tages ganz offen, dass er den Palast verlassen und mit ihr aufs Land ziehen will. Melissa sieht dies als Chance, mehr über wilde Drachen zu lernen, und willigt ein. In der neuen Heimat wird ein blaues Drachenei in ihre Obhut gelegt ...

www.tokyopop.de

# WHITE LIGHT CEREMONY
## Shinobu Takayama

**Mystischen Ereignissen auf der Spur**

Journalist Mizuki muss einen Artikel über eine mysteriöse Mordserie und die »Welkekrankheit« schreiben, die in der Stadt grassiert. Seine Recherche führt ihn ins Rotlichtmilieu, wo sich sein Verdacht bestätigt, dass für beides Dämonen verantwortlich sind. Als plötzlich einer von ihnen Mizuki angreift, kommt ihm eine junge Frau namens Shiraume zu Hilfe, die ihn mit ihrem blumigen Duft verzaubert. Von ihr erfährt er auch, dass aus einigen Infizierten mumifizierte Leichen werden und andere sich in geifernde Monster verwandeln!

www.tokyopop.de

# DIE ROTHAARIGE SCHNEEPRINZESSIN

## Sorata Akizuki

**Die Geschichte vom Mädchen mit dem apfelroten Haar!**

Shirayuki eilt der Ruf voraus, von seltener Schönheit zu sein. Kein Wunder, dass Prinz Raji ein Auge auf sie geworfen hat und sie zu seiner Konkubine machen will. Doch statt sich dem Befehl des Prinzen zu beugen, schneidet sich Shirayuki lieber ihre Haarpracht ab und flieht ins Nachbarland. Dort lernt sie den Jungen Zen kennen, der sich als der zweitgeborene Prinz des Königreichs Clarines entpuppt ...

www.tokyopop.de

# THE SAINT'S MAGIC POWER IS OMNIPOTENT

## Fujiazuki / Yuka Tachibana / Yasuyuki Syuri

**Magie und Monster im Königreich Slantania**

Sei wird nach einem langen Arbeitstag von einem grellen Licht umhüllt und findet sich in einer Parallelwelt wieder. Schuld daran ist das »Ritual zur Beschwörung der Heiligen Maid«. Jene Maid soll die Kraft besitzen, die in diese Welt einfallenden Monster auszulöschen. Mit Aira Misono ist noch eine zweite Frau erschienen, die prompt zur Auserwählten bestimmt wird. Doch nachdem Sei ihre magischen Fähigkeiten entdeckt, glauben ihre Mitmenschen fest daran, dass sie die Heilige Maid ist.

www.tokyopop.de

# THE SAINT'S MAGIC POWER IS OMNIPOTENT – THE OTHER SAINT

## Agu Ao / Yuka Tachibana / Yasuyuki Syuri

**»Ich soll dieses Land retten?«**

Als die Highschool-Schülerin Aira Misono eines Abends noch kurz zum Supermarkt will, wird sie von einem grellen Licht umhüllt und findet sich plötzlich in einer Parallelwelt wieder. Dort wird sie prompt zur Heiligen Maid erklärt, die die in diese Welt einfallenden Monster auslöschen soll. Aira versucht, sich mit ihrer Situation anzufreunden. Unterstützung erhält sie dabei vom Kronprinzen des Reiches, Kyle Slantania. Doch ist Aira wirklich die Heilige Maid? Denn an jenem Abend ist noch eine weitere junge Frau erschienen – Sei Takanashi. Was hat es damit auf sich?

www.tokyopop.de

# ELIANA – PRINZESSIN DER BÜCHER

## Yui Kikuta / Yui / Satsuki Sheena

**Die düsteren Seiten der Aristokratie**

Die Familie von Eliana Bernstein ist als eine belesene Dynastie bekannt. Eines Tages möchte Prinz Christopher Eliana zu seiner Verlobten machen und ihr Zugriff auf die königliche Bibliothek gewähren. Auf Rat ihres Bruders willigt Eliana ein und verschlingt am Hof des Prinzen ein Werk nach dem anderen. Mit ihrem umfangreichen Wissen steht sie vielen Menschen im Palast zur Seite, sodass sie rasch hohes Ansehen genießt. Doch noch ahnt Eliana nicht, dass ihr Leben bald selbst einer Tragödie gleichen wird ...

www.tokyopop.de

# FUSHIGI YUUGI 2IN1

## Yuu Watase

**Die Neuauflage des zeitlosen Shojo-Klassikers!**

Die Freundinnen Miaka und Yui entdecken in der Stadtbibliothek
ein altes chinesisches Buch. Neugierig lesen sie die ersten Zei-
len und erfahren von den Abenteuern eines jungen Mädchens
im sagenhaften Land Kounan. Als sie umblättern wollen, fängt
plötzlich die Erde an zu beben. Wie von Zauberhand werden die
beiden in den verstaubten Schmöker gesogen ...

www.tokyopop.de

# COLD GAME
## Kaneyoshi Izumi

**Welche Prinzessin bleibt am Ende übrig?**

Obwohl sie bereits verlobt ist, erhält Prinzessin Alna den Befehl, den König des Nachbarlandes zu heiraten. Da dieses für seine Grausamkeit bekannt ist, greift Alnas Familie zu einem Trick: Nicht in den Kleidern einer Prinzessin, sondern als Ritterin soll sie vor Ort mehr herausfinden. Die Stelle der Prinzessin nimmt Alnas Verwandte Camilla ein. Im Schloss angekommen erwarten die beiden jungen Frauen jedoch keine Hochzeitsvorbereitungen, sondern fünf weitere Brautkandidatinnen – die scheinbar alles dafür tun würden, Königin zu werden!

www.tokyopop.de

# AIKO UND DIE WÖLFE DES ZWIELICHTS

## Chiyori

**»Ich habe das Tor zur Hölle aufgestoßen!«**

Aiko und ihre Oma müssen die Schulden von Aikos Mutter abbe-
zahlen und werden ständig von Geldeintreibern bedrängt. Eines
Tages vetreibt ein Junge namens Inui diese Typen und rettet Aiko
fortan immer häufiger aus riskanten Situationen – auch wenn er
sich dafür in einen höllischen Wolfshund verwandeln muss! Doch
ihr Retter hat mit der italienischen Mafia zu tun und verfolgt eige-
ne Pläne. Als ein weiterer Anhänger der Mafia in Aikos Leben tritt
und sie vor Inui warnt, wächst ihr innerer Zwiespalt: Meint er es
gut mit ihr oder stürzt er sie noch weiter ins Unglück?

www.tokyopop.de

# YOU'RE MY CUTIE!
## Nakaba Harufuji

**Nicht alle Jungs sind wie Zucker**

Madoka schwärmt für Shojo-Manga, in denen sich Jungs in ältere Mitschülerinnen verlieben. Stundenlang könnte sie sich darin vertiefen, müsste sie nicht tatkräftig im kleinen Restaurant ihrer Familie mit anpacken. Als ihr Vater den Schüler Shikura als Aushilfe anstellt, scheint dieser zunächst wie aus einem dieser Manga entsprungen – es stellt sich jedoch heraus, dass er ein misstrauischer Miesepeter und alles andere als niedlich ist. Madoka versucht trotzdem, gut mit ihm auszukommen, und entdeckt so nach und nach ganz andere Seiten an Shikura ...

www.tokyopop.de

# DEFINITELY LOVE

## Fujimomo

**Kann man auf die Liebe vorbereitet sein?**

Als die Highschool-Schülerin Risa einen zusammengeschlage-
nen Jungen namens Zen am Straßenrand findet, versorgt sie ihn.
Um sich zu revanchieren, schenkt er ihr einen Gutschein – damit
könne Risa ihn jederzeit rufen, wenn sie Hilfe braucht. Entschie-
den lehnt sie ab, denn die unabhängige Einzelgängerin verlässt
sich nie auf andere. Eines Tages wird sie jedoch von einer Gang
verfolgt, sodass ihr nichts anderes übrigbleibt, als Zens Hilfe an-
zunehmen. Kann der loyale Rowdy ihr Vertrauen gewinnen?

www.tokyopop.de

# IM LIEBESFIEBER

## Marina Umezawa

### Liebe hat keinen Preis

Nazuna versucht zu verheimlichen, dass ihre Familie bettelarm ist, und träumt davon, eines Tages reich zu heiraten. Im Augenblick reicht das Geld nicht mal mehr, um die Schulgebühren zu begleichen. Daher muss sie tagsüber jobben und am Nachmittag Unterricht an der Abendschule nehmen. Anfangs kommen ihr diese Herausforderungen wie ein Albtraum vor, doch dann stellen sie sich als wahrer Segen heraus: Durch das neue Umfeld findet Nazuna nicht nur echte Freunde, sondern lernt auch noch einen charmanten jungen Mann kennen ...

www.tokyopop.de

# STARLIGHT DREAMS

## Miwako Sugiyama

**Wie ein leuchtender Stern am finsteren Himmelszelt**

Nachdem Sei es auf die angesehene Nakano-Higashi-High-school geschafft hat, sucht sie nach einer Möglichkeit, ihrem Schulleben eine positive Wendung zu geben. Beim Anblick der Sternwarte kommt sie auf die Idee, sich fortan der Astronomie zu widmen. Die sympathischen Jungs Taiyo und Mizuki heißen Sei im Astroklub willkommen und erklären ihr alles, was sie wissen muss. Doch Seis Blicke wandern zwischen den Sternschnuppen am Himmel und den Jungs an ihrer Seite immer hin und her ...

www.tokyopop.de

# HATSU * HARU
## WIRBELWIND DER GEFÜHLE
### Shizuki Fujisawa

**Manchmal trifft dich die Liebe wie ein Sturm:
laut, wild und unangekündigt!**

Wenn es um Mädels geht, lässt Kai – Playboy der Schule und
stolz darauf – nichts anbrennen. Allein an der burschikosen
Riko hat er kein Interesse, mit ihr tauscht er lediglich eisige
Blicke und Worte aus. Als Kai jedoch zufällig herausfindet,
dass Riko heimlich in ihren Lehrer verliebt ist, löst diese zar-
te, verletzliche Seite von ihr einen solchen Sturm in seinem
Herzen aus, dass er seine Gefühle neu sortieren muss ...

www.tokyopop.de

# 1/3 AUF EINEM NENNER

## Kozue Chiba

### Zwei Cousins zum Verlieben!

Shiyuka wohnt auf der idyllischen Halbinsel Enoshima, die gern von Liebespaaren besucht wird. Sie selbst findet ihre Heimat jedoch total öde – besonders, weil sie noch Single ist. Als eines Tages die hübschen Cousins Shin und Yun in ihre Klasse kommen, macht ihr Herz vor Freude einen Sprung. Wird ihr abwechslungsloses Provinzleben nun endlich aufgemischt ...?

www.tokyopop.de

# STOPP!

**Dies ist die letzte Seite des Buches!
Du willst dir doch nicht den Spaß verderben
und das Ende zuerst lesen, oder?**

Um die Geschichte unverfälscht und original-
getreu mitverfolgen zu können, musst du es
wie die Japaner machen und von rechts nach
links lesen. Deshalb schnell das Buch um-
drehen und loslegen!

## So geht's:

Wenn dies das erste Mal sein
sollte, dass du einen Manga
in den Händen hältst, kann dir
die Grafik helfen, dich zurecht-
zufinden: Fang einfach oben
rechts an zu lesen und arbeite
dich nach unten links vor.
Viel Spaß dabei wünscht dir
TOKYOPOP®!